BRICE F. FE

ÉCHANTILLON

Nouvelles

Épouvante / Science-Fiction / Fantastique

LA PORTE @

PROLOGUE

Notre monde à l'avenir incertain, constitué d'au moins sept milliards six cent mille habitants (un nombre en perpétuelle augmentation), en est au premier stade de l'évolution.

De l'aube de l'humanité à nos jours, nous avons hérité : de croyances, de mythes et légendes, de concepts philosophiques, de découvertes scientifiques...

Toute une somme de savoirs et de savoirs-faire laborieusement acquis de manière empirique et théorique au fil des âges.

Mais toujours pas de réponses aux grandes questions qui taraudent chaque générations depuis des temps immémoriaux.

Récemment, une page énigmatique est apparue sur internet.

Nombreux effrayés et fascinés spéculent sur le pouvoir qu'elle conférerait.

Elle donnerait accès à tout, en absolue gratuité , à condition de décrypter son code invraisemblable pour la déverrouiller.

Son lien apparaîtrait par hasard aux internautes, dans les moteurs de recherches.

De par le monde, on l'appelle "the door @"(ou ironiquement « the end »), soit " la porte @" en français.

Voici deux ans que les autorités du globe cherchent le point de départ de "la porte @" et par-là même son créateur ou son gardien.

Elle représente à n'en pas douter une menace à leurs yeux.

Et pendant ce temps, les médias ne cessent d'alimenter la psychose.

Comme d'habitude, on nous a désinformé dans la presse, à la télévision ainsi que dans les communiqués officiels sur le sujet : menace terroriste et piratage du Web entier.

Et bien d'autres inepties sont échangées sur les forums et réseaux sociaux qu'il est inutile de mentionner ici.

Bien entendu, les acteurs du Dark Web ne sont pas en reste, en alimentant la polémique par de nombreuses informations alarmantes.

Ce qu'il y a de sûr, c'est que la Porte@ menace l'ordre économique établi.

Et principalement ceux qui n'ont pas intérêt à perdre le contrôle sur les masses et/ou leurs lucratifs bizness.

Cette page est une porte noire s'ouvrant sur le code composé par l'équivalent: de milliards de kilomètres, de zéros et de uns blancs sur fond noir qui changent en permanence. Une fenêtre apparaît superposée, munie d'un champ pour taper la solution du code et un second champ pour taper les requêtes. Elle offre en principe un pouvoir total à celui qui la décrypterait.

Supercherie ou véritable menace, on retient notre souffle, car quiconque percera le code pourrait changer le monde en bien comme en mal.

A moins qu'elle ne se soit auto-générée, il a bien fallu quelqu'un pour créer cette page. De nombreuses rumeurs courent sur le sujet.

L'une d'elle raconte que son créateur est mort, qu'il a laissé son ordinateur allumé, gardé par un gardien cybernétique qu'il aurait fabriqué et programmé afin de protéger son système. Serait-ce le seul moyen de pression trouvé par son auteur anti conformiste pour contrecarrer l'intelligentsia planétaire ? ...

Une autre mentionne qu'Internet est un monde parallèle au notre.
Il y régnerait des chimères qui, désormais, ont une emprise plus importante sur le monde physique. Ces même chimères qui vivaient jusqu'à maintenant dans l'au-delà que l'on appelle esprits, auraient créé ce portail, cette porte, ce passage; afin d'avoir plus d'influence sur nous "les vivants".

Une troisième rumeur parle d'un programme de protection et d'analyse du Web contre les attaques de virus, de pirates et d'espions qui serait devenu autonome. Car, pourvu d'une intelligence artificielle, il se serait mis à penser par lui-même.

Quel est le but secret de cette page ? Nul n'est capable d'y répondre. Dans leur imaginaire fertile, les hommes et les femmes ne font qu'inventer de nouvelles peurs toutes plus irrationnelles les unes que les autres.
Quoique, à bien y réfléchir: quelles sont les limites du monde physique?
Il reste tant à découvrir sur l'univers et les règles qui le régissent.
Nos cinq sens sont comme atrophiés et malgré les progrès de la technique, notre perception reste limitée alors que les découvertes possibles semblent illimitées.
Et si "la Porte @ " était un passage vers de nouvelles connaissances et des possibilités jusque là jamais entrevues.
Qui n'a jamais rêvé de refaire le monde ?

Un pouvoir terrifiant à portée de clic

Le Gardien

Florent était âgé de vingt deux ans, il vivait en centre ville, seul dans un studio de vingt-huit mètres carré, au dernier étage d'un immeuble de cinq étages sans ascenseur. Il n'avait pas de voisin de palier et les autres habitants de l'immeuble ne s'intéressaient guère à lui, voir même ignoraient son existence. Il les entendait aller et venir dans les parties communes et se surprenait à écouter leurs conversations par le conduit des toilettes, pour pallier à sa solitude. Il vivait grâce à des petits boulots et aux aides sociales. Il n'avait pas d'ambition particulière, si ce n'était qu'il désirait se sentir moins seul. A cet effet, il correspondait avec des internautes par divers moyens, ce qui comblait la majeur partie de ses temps libres mais le satisfaisait peu.

En dehors de "ses amis", il faisait rarement de nouvelles rencontres et n'entretenait pas ces minces liens sociaux. Il manquait cruellement d'assurance ce qui le rendait maladroit.

Ses rares amis le surnommait Flo, ils lui montraient peu d'affection et simulaient leur joie de le voir lorsqu'il leurs rendait visite; par simple politesse, faut-il croire... (peut-être ce diminutif ne lui allait pas si mal tant il se noyait dans le flot de la société).

Il avait coupé les ponts avec sa famille qui ne supportait plus sa passivité et son manque d'enthousiasme, cela en ajoutait évidemment à son sentiment de solitude. Il vivait à huit cents kilomètres d'eux. Il pensait à ses parents de temps en temps avec un mélange d'amertume et de tendresse.

C'était un de ces soirs qui ressemblait à tous les autres. Il dialoguait comme à son habitude par messagerie interposée, lançait des recherches, téléchargeait des fichiers...

Lorsque soudain, alors qu'il s'apprêtait à faire une recherche sur les films à l'affiche au cinéma de la ville; dans le but de se distraire et dans un élan de saine résolution : pour une fois, sortir, un peu.

Le mot "the door" apparut dans le champ normalement vierge de son moteur de recherche favori. Comme médusé, il resta bouche bée à ne plus savoir quoi faire. Ses pensées devinrent confuses. Il se leva et alla s'asseoir dans son canapé en sky d'occasion. Ses yeux se rivèrent de nouveau sur cette page de l'autre côté de sa petite pièce sombre car juste éclairée par l'écran de son ordinateur. Après un bon quart d'heure, il se releva, se dirigea vers sa souris et tout en se rasseyant cliqua sur le bouton OK.

La mystérieuse Porte@ s'afficha instantanément, s'ouvrit telle n'importe quelle animation mais pour dévoiler ces deux champs vierges, celui du code et celui des requêtes. Son interminable code, toujours en mouvement comme un être fait de zéros et de uns vivant et qui lançait par cette sorte de gesticulation, un défi grandiose.
De peur de perdre la page, il laisserait dorénavant son ordinateur allumé et en permanence connecté à la Porte@. Voici à ses yeux la chance unique de sa vie, de prendre le contrôle de sa destinée et de refaire le monde à son image. La fièvre lui prit ainsi de vouloir percer le code. Enfin une ambition naquit en lui, bien qu'il ne fut qu'un utilisateur lambda d'ordinateur et totalement novice dans l'art du décryptage. Obtenir tout ce qui lui avait fait défaut jusqu'à ce jour, serait le but de son existence.

En attendant de se mettre au décryptage, il prit une nuit de sommeil dans son canapé pourri et remit ainsi le début de ses investigations au lendemain.
Il rêva toute la nuit. Il rêva comme jamais il avait rêvé de sa vie. Il se retrouvait quelque part investi d'enthousiasme ce qui nourrissait ses rêves. C'était une nouveauté dont ses parents se seraient réjouis, " notre fils enthousiaste pour quelque chose!" auraient-ils dit avec ironie.

Notre protagoniste se réveilla au petit matin, vaseux. Il n'avait pas encore pris la mesure de ce qu'il devrait entreprendre comme recherches au sujet du décryptage, ni par ailleurs des conséquences sur le monde s'il parvenait à ses fins. Il se mit à réfléchir...
Il décida assez rapidement qu'avec ses petites économies, il achèterait ce dont il aurait besoin comme ouvrages au sujet des codes et tout autre outil utile. Soit pour commencer un autre ordinateur, de préférence un portable pour le connecter à l'autre et ainsi tout en bidouillant ne pas perdre la Porte@. Et pour le monde, il s'en foutait, pour ce qu'il lui avait apporté de toute manière. Plus précisément, il se disait qu'il ferait sans lui, il en avait toujours été ainsi; sauf qu'en l'occurrence le monde serait obligé de composer avec lui à partir de ses directives; si toutefois il arrivait à bout du code. Sur ce, dans une grande hâte, sans prendre de douche ni de petit déjeuner, il prit sa veste de jogging, ses clefs ainsi que son porte-feuille et

partit en claquant la porte derrière lui. Après avoir couru pour descendre les escaliers, il traversa le hall d'entrée sans prêter attention au couple de locataires relevant leur courrier qu'il bouscula pour sortir.

Dans la rue, il marchait d'un pas décidé le regard posé droit devant lui. Alors que d'habitude il se déplaçait mollement en regardant par terre. Il avait l'air d'un fou pour quiconque le croisait. Cependant, il est ironique de constater que l'on prête plus de dynamisme à un type en costard - cravate qu'à un mec comme lui en sportwear. Il prit le chemin le plus court pour ce rendre dans un temple de la consommation.

Il revint chez lui à treize heures, les mains vides et le porte-feuille plus léger. On lui livrerait dans une heure, ses provisions pour tenir un siège, ses multiples documentations et son nouvel ordinateur portable. Il eut le temps de se doucher, de manger et de souffler avant de réceptionner ses nombreux achats.

Durant une quinzaine de jours, il étudia non-stop alors qu'il avait toujours eu une réelle aversion pour les études.
Là bizarrement il apprenait avec une sidérante facilité comme une éponge sèche absorbant tout le savoir nécessaire pour la conquête de la porte@.
Au fil des jours qui suivirent, il perdit tout contact social (contacts toxiques) qu'il maintenait précairement, grâce ou à cause de son téléphone portable.

Derrière son clavier et sa souris, il s'était toujours senti anonyme, en sécurité, libre de télécharger en toute impunité, de parler à n'importe qui sans la crainte du jugement de ses interlocuteurs...
Ce qu'il ignorait, c'est que la Porte @ suit partout son gardien.
C'est que la Porte@ survit en sautant d'ordinateur en ordinateur, de téléphone en téléphone, bref d'appareils connectés en appareils connectés. Soudain la porte de son studio fut pulvérisée par des agents cagoulés.

Pascal

Une salle immense où des hommes et des femmes travaillaient sur des ordinateurs et autres étranges équipements dans une lumière blafarde. Programmateurs, scientifiques, ingénieurs,mathématiciens ; dont l'éventail de recherche portait sur de nombreux domaines ; tous et toutes des génies au service d'une compagnie très secrète: "Lazard", nom de son fondateur. Ils disposaient d'un immense complexe parfaitement équipé, aux laboratoires plus sophistiqués les uns que les autres.

L'un des chercheurs, à peine âgé de seize ans, second hiérarchiquement, était le plus génial d'entre tous.
Son supérieur et chef de projet était un homme d'âge mûr, il dirigeait méthodiquement les recherches, recentrait l'équipe lorsque celle-ci s'égarait. Il apportait toute la cohésion nécessaire au bon déroulement des opérations.

Malgré son jeune âge, notre génie en herbe était d'une grande humilité, il profitait de l'expérience et du savoir de ses pairs qui l'accompagnaient dans ses travaux.
Car le développement de l'« intelligence artificielle » reposait sur sa vision qui fit l'unanimité dans la communauté scientifique lors d'un congrès où il intervint avec culot et brio.
Grâce à son puissant cerveau et la manière sidérante dont il s'en servait, une révolution était en cours.
On le surnommait affectueusement Mutant, il était capable de calculer des nombres astronomiques et résoudre des équations complexes de tête, en surpassant les capacités d'une calculatrice en rapidité et en précision.
Selon lui, il arrivait à visualiser le résultat comme les pièces d'un puzzle qu'il assemblait dans son esprit.
Jamais l'on avait découvert un tel génie et si un autre existait, certainement qu'il ignorait lui même son talent.
Sinon toute la communauté pensait qu'il se serait déjà manifesté.
Pourtant, un second génie ne serait pas de trop car leurs travaux stagnaient.
Mutant avait besoin d'émulation, seul quelqu'un d'aussi brillant que lui pourrait l'aider à franchir de nouvelles étapes.

Ils devaient trouver une alternative au problème de la Porte@. Une expérience qui selon leurs employeurs avait mal tourné. L'équipe précédemment engagée, en tâtonnant et par hasard avait fait une découverte singulière qui échappa à leur contrôle. Tous furent limogés.
On les remplaça par les membres de l'équipe actuelle sélectionnés pour leurs compétences et leurs profils psychologiques; par une batterie de tests au procédé novateur d'une précision redoutable.
Fascinante et effroyable à la fois, cette technique sonde l'âme des êtres vivants (animaux comme humains). Elle ne laisse rien au hasard.
Ce fut la plus réussie des deux découvertes faites par l'équipe déchue.
Quant à l'autre découverte, elle restait un mystère pour la nouvelle équipe.
Qu'est-ce que Lazard avait-il à cacher?
Quelles négligences et inconsciences furent commises?

Les résultats des tests sur le cerveau de Mutant, les masses de données recueillies, allaient offrir un bond de plusieurs millénaires dans l'éducation et le développement de l'intelligence humaine.
Malgré ses facultés intellectuelles exceptionnelles, Mutant se sentait limité et ses pairs ne détenaient pas toutes les réponses, ni le potentiel pour lui venir durablement en aide. De plus, cet environnement confiné était austère, tous entretenaient de rares conversations, tous les échanges d'informations entre collaborateurs se faisaient à l'aide du réseau de messagerie interne afin que tout soit archivé .
Depuis la première équipe, la compagnie avait pris des mesures pour maintenir l'absolu contrôle.
Pour la première fois de sa courte vie, Mutant perdait pied.

Il reprit espoir lorsqu'il apprit qu'une nouvelle recrue était en cours d'évaluation et que d'ici une semaine, il ferait sa connaissance.
Il sentait déjà quelque chose dans l'air.
Le pressentiment que le nouveau serait ce qu'il attendait.
Son frère d'âme, espérait-il.

Céphalalgie

Les agents de "Lazard" réussirent à détecter, un ordinateur connecté à La Porte@, celui de Florent.
Une fois localisé, il ne tardèrent donc pas à lui rendre une visite musclée et l'enlevèrent...

Lorsqu'il se réveilla, il se trouvait dans une chambre blanche exiguë, sans autre mobilier que le lit dans lequel il était installé.
Il avait l'intuition que le reste des locaux devait ressembler à une installation militaire.
Il avait atrocement mal à la tête. Comme si on avait fouillé dans sa boite crânienne. Comme si on avait violé son esprit.

A peine avait-il posé un pied à terre, qu'une porte s'ouvrit dans le mur en face de lui, un homme en blouse blanche, une mallette à la main gauche se trouvait dans l'encadrement de la porte. Il s'adressa à lui:

- Bonjour Florent, vous êtes réveillé, parfait. Nous allons prendre soin de vous. Et vous expliquer pourquoi on vous a amené ici.

- Bien mais... bordel qui êtes-vous? Ça vous prend souvent d'enlever les gens et de leur donner mal au crâne !

- Je m'appelle Georges, je suis médecin (comme si cela suffisait à le rassurer). Conservez votre calme les réponses ne tarderont pas à venir. Mais avant, je dois m'assurer de votre état de santé. Voulez-vous bien vous soumettre à un examen tout à fait indolore ?

- Oui, pourquoi pas ! Ai-je le choix de toute façon ! Je ne crois pas ! N'est-ce pas!
Georges sorti de sa mallette un étrange dispositif constitué d'un écran, d'un casque qu'il mit sur ses oreilles et d'un rayon qui semblait scanner l'organisme de Flo. Cela dura à peine cinq minutes.
Malgré son agacement Flo prit son mal en patience. Avait-il subi une sorte de conditionnement qui le rendait immédiatement plus docile?

- Tout va bien Florent, je vais maintenant vous demander de me suivre.
Nous allons vous vêtir de l'uniforme requis. Et vous rencontrerez le

responsable des lieux qui vous apportera toutes les réponses à vos interrogations et saura vous rassurer.

- Ah, oui je l'espère bien parce que pour le moment toute cette mascarade me fait flipper.

Après avoir parcouru quelques couloirs , ils entrèrent dans une sorte de dressing, où il enfila un uniforme blanc. Puis, ils se rendirent dans une salle de taille moyenne, où au milieu trônait une table ovale entourée de chaises en acier, un mobilier des plus spartiates. A l'autre bout se tenait un homme d'âge mûr. Ce dernier dit:

- Laissez-nous Georges, merci. Bonjours Florent, je suis le professeur Livoir. L'ironie a voulu que je finisse en blanc... Oh je constate que votre humour en a pris un coup.

- Ouais c'est sûr! Bon si vous m'éclairiez un peu, parce que là...

- Vous vous trouvez dans un complexe secret de la compagnie Lazard dont vous n'avez évidement jamais entendu parler. Nous travaillons sur divers projets de recherche fondamentale ainsi que sur La Porte@.
Nous avons livré votre cerveau à toute une batterie de tests qui ont révélé que vous êtes à n'en pas douter un génie, ce que vous ignoriez certainement. Vous êtes quasiment exceptionnel, vous ferez bientôt la rencontre de votre altère ego... Vous allez collaborer aux recherches...

- un h un h, vous êtes complètement taré! Je veux retrouver ma vie!...

- Non, je regrette ça ne marche pas ainsi. Vous appartenez à la compagnie désormais. Vous n'avez que le choix de prendre part au projet. Ou vous...

- ...serez éliminé. C'est bien ça!

- Euh, oui, je le crains.

- Vous le craignez? Sombre connard!

- Non, pas de ça entre nous. Je ne suis pas responsable de votre enlèvement. Je ne fais que répondre aux ordres de supérieurs que je reçois par visiophone. je ne les ai jamais physiquement rencontré. Mais il est vrai qu'à la différence de vous, je suis là de mon plein grès. Le hasard à voulu que la Porte@ s'adressât à vous et que vous deveniez son gardien, la suite vous la connaissez. Nous vous avons fait subir des tests pendant que vous étiez inconscient, ce qui explique vos céphalés. Ces tests nous ont révélé vos aptitudes intellectuelles. De ce point de vue, vous êtes semblable voire complémentaire à notre petit génie dont vous allez bientôt faire la connaissance et avec qui vous allez travailler, pour nous sortir de cette situation d'urgence.

Dans son fort intérieur Flo sans se l'expliquer savait qu'il n'avait rien à craindre de cette homme.

- J'ai peur de trop m'avancer, mais vous me semblez honnête. Mais en quoi puis-je vous aider car je suis loin d'être un génie.

Ah! Vous vous trompez. Comment avez-vous fait pour apprendre et comprendre en une quinzaines de jours, le décryptage et tout ce que vous avez absorbé comme informations, si vous n'êtes pas un génie ?
Ce que je crois, c'est que vous l'ignoriez, c'est tout.

- Merde! Mais vous avez fouillé dans ma tête... C'est inouï, vous n'aviez pas le droit. Comment ai-je pu vous dire que vous me semblez honnête ?

Oui, j'en conviens, mais vous finirez par accepter cette situation.
Mutant saura vous convaincre et vous comprendrez.

- Qui ça ?... Mutant?

- Oui, notre petit génie, c'est son pseudonyme. Il est votre alter ego, la fusion de votre puissance et de la sienne promet d'être extraordinaire.

- On est des cobayes ou quoi?

- Non vous êtes à vous deux l'espoir. L'espoir d'un monde sans cette menace qui est la Porte@.

- Bien, sauf que la Porte@ détient, semble-t-il, le pouvoir de changer le monde, certes en bien ou en mal... En fait vous avez peur de ce que vous ne comprenez pas. Savez-vous au moins d'où elle vient ?

- Euh oui, l'équipe précédente en quelque sorte l'a créé mais en a perdu le contrôle. Des algorithmes par synergie se sont mus en une sorte d'entité muni de sa propre volonté...

- Ah ouais ? C'est pas rassurant ! Et vous comptez faire mieux avec ce Mutant et Moi.

- Il le faut, on n'a pas le choix. Qui sait ce que l'avenir risquerait de nous réserver si quelqu'un de mal intentionné perçait le code. D'ailleurs, qu'en auriez-vous fait de ce pouvoir qu'offre la Porte@.

- Je crois que vous le savez, j'aurai remanié mon destin et refais le monde avec ma vision propre. Ça n'excuse rien mais on est dans un putain de monde où l'individualisme règne en roi. Alors comme n'importe qui, j'aurai profité de l'aubaine...

- Sachez qu'ici nous sommes au dessus de ça. Le destin de l'Humanité nous importe. L'avenir repose sur la cohésion de notre équipe.
Serez-vous des nôtres ?

- Oui bien sûr. Je veux pas mourir. Mais surtout je voudrais voir où tout ça va nous mener.

- Parfait. Nous ne tarderons pas à le découvrir.
Je vais vous présenter Mutant. Suivez moi.

Ils reprirent les couloirs. Flo se disait qu'il trouvait bizarre qu'il n'ait pas l'instinct de s'enfuir. On avait du le droguer ou le conditionner un peu. Ou alors ce n'était qu'un cauchemar. Mais non c'était trop réel. Puis comment s'enfuir d'un endroit pareil ? Bien qu'il n'y ai pas de gardes armés, il n'avait aucune idée de l'endroit où il se trouvait réellement. Et il devait bien exister un système de sécurité.
De toute façon, sa curiosité l'emportait.
Après environ deux minutes de marche, ils arrivèrent dans la salle principale des recherches. Toute l'équipe les attendait. Un jeune homme s'avança.

- Salut, je suis Pascal, tout le monde m'appelle Mutant. J'étais très impatient de faire ta connaissance...
Sans s'expliquer pourquoi Flo compris tout de suite en le voyant qu'ils

étaient faits pour se rencontrer et que la suite promettait d'être intéressante.
- Salut, moi c'est Florent . Quel âge as-tu ?

- Euh bientôt seize ans. Et toi ?

- Vingt-deux.

Livoir prit la parole:

- Tous en salle de conférence, où l'on va présenter le projet à Florent et
faire plus ample connaissance.
Après ça, quartier libre pour tout le monde. Demain on se remettra au
travail.
La salle de conférence était à l'autre bout de cette immense pièce bardée
d'ordinateurs.

Mise au point

Un à un, ils se présentèrent en précisant leur nom, leur spécialité, leurs expériences et leurs espérances.

Livoir:
- Bien, passons aux données du projet et du travail qui, désormais aux vues des nouveautés, nous allons devoir accomplir.

Premier point, Mutant et Flo feront équipe et seront à la tête du groupe, pour ma part, mon rôle ne change pas. Je prendrais comme d'habitude les décisions finales. Vous devrez assister Mutant et Florent afin d'assurer leur sécurité.

Deuxièmement, le dossier sur la précédente équipe et ses travaux, nous a été dévoilé dans sa totalité. C'est tellement dense et détaillé que l'on peut être sûr après expertise qu'il n'y pas de zone d'ombre. Chacun en aura un exemplaire en sortant sur Blu-Ray Disc, à étudier expressément.

Troisièmement, la machine à l'origine du problème est en notre possession, nous ne travaillerons plus en théorie mais en pratique directe.
Nous allons explorer le réseau Internet avec cet outil.
En captant « l'âme » de nos deux génie et en envoyant leurs esprits dans le réseau pour qu'ils prennent contact avec l' « âme » du professeur Lazard.
Je vois sur vos visages que vous avez tous compris ce qui a bien pu se passer, qui est l'auteur de tout ça et la direction que nous allons prendre.
Toute la procédure est détaillée dans le dossier. Sachez aussi que le professeur Lazard a créé ce complexe, qu'il est à la base de nos problèmes et que son esprit est une composante intégrante de la Porte@ et de ses algorithmes devenus indépendants.
En fusionnant son esprit à la « Porte@ nous pensons qu'il a voulu en reprendre le contrôle.
Toutes autres réponses à vos questions seront sur le Blu-Ray Disc, vous pouvez disposer.
Florent, suivez Mutant, vous allez faire chambre commune.
Je viendrais vous rendre visite d'ici deux heures. Après que vous ayez consulté les données nous ferons de nouveau le point.
Pour ma part, une conversation visiophonique s'impose, j'ai un rapport à faire aux membres de la compagnie et à mon supérieur.

Florent:
- Qui sont-ils ?

Livoir:
- Les représentants des gouvernements et des investisseurs.

- Et vous leurs faites confiance ?...

- Il faut bien.

- Ouais, je vois vous non plus vous n'avez pas trop le choix. On est tous soumis aux mêmes règles ici: "fermes ta gueule et travailles".

- En quelque sorte, oui. Certes nous ne sommes que des pions, nous n'existons plus aux yeux de la société. Mais, comme vous avez pu le constater, notre rôle est crucial. Nous sommes les seuls qui puissent ramener l'ordre. Aussi contradictoire que cela puisse paraître, nous sommes tous à la fois volontaires et contraints.
Croyez moi, j'en suis désolé.

- Mais de quel ordre parlez-vous bordel ! C'est peut-être l'espoir d'un changement fondamental.

Pascal qui restait effacé:
- T'as raison Florent, faut tout changer.

F. :
- On vous paie au moins.

L. :
- Non. Mais on nous a assuré que nos jours seront protégés et que nous ne manquerons de rien après avoir réussi.

F. :
- Et si on foirait ?

L. :
- Nous réussirons !

F. :

- J'aimerais avoir votre certitude. Bref, on a pas vraiment le choix.

L. :
- Le devoir m'appelle. A toute à l'heure.

Pascal et Flo allèrent dans leur chambre pourvue de tout le confort sanitaire, mais austère à l'image du reste de l'installation.
Ils étudièrent le dossier et palabrèrent sur les raisons qui avaient amené Pascal à se mettre dans cette situation. Pascal lui expliqua qu'il voulait mettre ses dons au profit de la communauté scientifique. Ce qui était tout à son honneur. Mais que toutefois, il regrettait d'être ainsi amputé de sa liberté, même s'il s'en accommodait et qu'il trouvait quelques compensations en travaillant et côtoyant une chercheuse de vingt ans plus âgée que lui. Il l'aimait et il n'osait pas lui révéler ses sentiments de peur de se prendre une veste "Tu es brillant et charmant mais trop jeune pour moi..." c'est ce qu'il pensait qu'elle lui dirait probablement. Elle s'appelle Estrella et il aimerait qu'elle éclaire ses nuits et ses jours. Flo pour plaisanter ajouta à l'encontre de Pascal : " quoi de plus banal et naturel que de lubriques pensées " (le tout accompagné de gestes déplacés).

Puis ils étudièrent les informations du Blu-Ray Disc qui leurs révélèrent sur l'écran holographique de leurs quartiers: l'historique des recherches, leurs issues avant l'apparition de la Porte @, plans et modes d'emplois détaillés des appareils (créés par Lazard et l'équipe précédente) sur lesquels ils devront travailler.
Ce qu'ils découvrirent dans les rapports secrets d'un des anciens chercheurs les scandalisa : apprendre comment leurs prédécesseurs furent froidement éliminés par Lazard pour couvrir sa sournoise échappée dans le cyberespace, ainsi qu'une partie de ses motivations.
Remodeler le monde est à la portée de Lazard fut leur conclusion provisoire.
Pascal lui commenta les derniers travaux et lui révéla sur quoi leurs équipes sèchent actuellement en lui épargnant les détails trop techniques.

Précédé d'un signal sonore "Professeur Livoir", fut annoncé par une voix synthétique par des hauts parleurs dissimulés. Et il fit son entrée.
L. :
- Maintenant que vos informations sont à jour. Nous allons élaborer la stratégie des recherches avec l'équipe au complet dans la salle de conférences.

F. :
- Il nous faut combattre ce malade de Lazard !
L. :
- Vous serez les armes de ce combat. Vous devrez aller là où un seul homme est allé jusqu'à présent.
F. :
- La vie au goût de miel quelques fois un arrière goût de fiel et vice/versa.

Réinitialisation

Pascal mit sous tension tous les appareils afin de débuter la recherche du code d'accès. A cet effet, il prit possession d'un échantillon d'ADN provenant du sang de Lazard car il avait l'intuition que sa séquence ADN était le dit code d'accès. Il transféra les données ADN directement par « copier-coller » sur le champs de la page de la Porte@ et pressa le bouton « entrée » ce qui eu pour résultat immédiat de débloquer le système. Divers sons se firent entendre dans la salle où tous les appareils étaient installés. Une voix synthétique annonça la réinitialisation complète du système pour transfert des esprits sur la toile.

Florent, quant à lui, sentait monter en lui une forte angoisse car il pensait que pour cette étape préliminaire il leur aurait fallu plus de temps et plus de mal avant d'arriver à la réinitialisation. Cependant, le temps leur étant compté, il décida de prendre place le premier dans l'appareil qui servirait au transfert de son esprit et au maintien des ressources vitales de son organisme grâce à un ensemble de sondes qui vérifieraient l'état de santé général de son enveloppe charnelle et d'aiguilles reliées à différents tubes puis réservoirs de solutions nutritives …

Bien que le corps de Lazard ne fut jamais retrouvé, il devait faire une confiance aveugle en ce système mais il pressentait déjà que ce processus contenait des risques sérieux pour le corps et l'esprit du spécimen introduit dans ce dispositif.

Le processus d'extraction de l'esprit de Flo attendrait que Pascal prennent à son tour position dans la seconde capsule médico-extractive car ils devaient partir ensemble pour cet au-delà.

Pendant que Pascal prenait place, le professeur Livoir se mit aux commandes du matériel avec l'aide d'Estrella qui arrivait juste à l'instant, de son côté, elle avait eu à faire un ensemble de calculs sur d'autres appareils qui, eux, avaient pour but de pallier à tous leurs besoins énergétiques pour cette expérience à hauts risques. Une coupure d'électricité, une rupture entre ce système et la toile aurait certainement pour résultat de perdre les âmes et les corps de nos deux protagonistes.

Son entrée décrispa le visage des trois mâles. Ils échangèrent quelques sourires. Confiants et rassurés, ils entreprirent de lancer les dernières procédures pour l'extraction et l'émission de leurs consciences dans ce monde parallèle et virtuel.

Lorsque les esprits de Flo et Pascal débarquèrent sur la toile, tous les ordinateurs reliés au réseau Internet de part le monde ; de même que ceux qui demeuraient jusque là éteints ; affichèrent instantanément la page de la Porte@.
Ainsi, tous les écrans simultanément émirent un éclair blanc et une débauche de chiffres apparut sur ces derniers. La vitesse d'affichage étant proportionnelle à la puissance de l'esprit de nos deux protagonistes.

Les satellites de télécommunication, les GPS, les téléphones cellulaires furent tous affectés. Les centrales électriques eurent quelques problèmes pour alimenter tous ces ordinateurs si gourmands en énergie.

Livoir et Estrella, quant à eux, surveillaient la bonne marche des opérations.

Quant à nos cybernautes, ils traversèrent des flux massifs de données en tout genre qu'ils pouvaient, à loisir, consulter ou tout simplement traverser ou même éviter.
Très vite, ils se sentirent grisés par leur nouveau pouvoir, ils prirent conscience que leurs âmes étaient auparavant prisonnière d'une gangue de chair et d'os.
Leurs corps, à la grande stupéfaction de Livoir, d'Estrella et du reste de l'équipe ; s'étaient volatilisés durant le processus.

Epilogue

La pensée étant capable de voyager à la vitesse de la lumière, ainsi ils dépassaient de loin celle des électrons.
Après un long périple dans le dédale infernal d'Internet, ils prirent à peine conscience qu'ils pénétraient encore plus loin dans un nouveau royaume, un monde au delà de la sphère d'Internet et des lois de la physique.
Là où réside le « Grand Portail ».

Lazard les y attendait.

« Vous êtes désormais réduit à l'état de simple information au niveau quantique.

Dans la Web o-sphère où tout semble être possible, il n'y a cependant pas tant de liberté que cela car il faut suivre un circuit, un réseau, il y a des lois.

Là vous êtes à la lisière d'un autre type d'univers.

A l'instar de l'horizon des événements pour un trou noir, au delà du Grand Portail, il en va tout autrement.

Vous n'avez plus d'autres choix que de me suivre car vous avez franchi depuis longtemps le point de non retour.

A votre insu, je vous ai choisi et attiré jusqu'à moi.

Je tire les ficelles d'ici, je manipule Livoir via son visiophone et à travers lui tout le reste de l'organisation.

Maintenant que tout s'est réalisé selon mes plans, je vais vous absorber, milletupler ma puissance et accéder enfin à la transcendance.

Je soumettrai l'Univers à ma volonté pour l'éternité. »

La Librairie LCF

Toutes les villes du monde comptent en leur sein, des lieux où nul n'ose s'aventurer. Sinon ceux qui ont décidé de les hanter.

De part la rumeur s'établit souvent une réputation. On en à tous plus ou moins connaissance. Mais aussi sur des faits avérés. Ou encore simplement par superstition. Soit que lorsque l'on croise à proximité ; tel un marin aux outils de navigations défectueux, on se sent d'instinct en péril pour notre vie ou notre santé mentale.

Il en va ainsi des terrains vagues, des dépotoirs à ordures, des bâtiments et des complexes industriels désaffectés, des stations de gare et métro abandonnés, de certains parcs, de certaines places, de parking sous terrains, de certains quartiers, de routes, de ruelles, de chemins, de vieilles bâtisses réputées hantées, des cimetières, de forêts, de lacs, de troquets mal famés aux propriétaires douteux…

Mais l'on ne saurait se méfier d'une librairie et de son libraire à l'air étrange. Tant on imagine ce dernier, encore absorbé par ses nombreuses lectures quotidiennes et variées. Ou simplement soucieux de son chiffre d'affaire et de la bonne tenue de sa comptabilité.

Aussi parce qu'à l'instar des bibliothèques, il règne ici une quiétude. Le temps y semble comme suspendu, seuls les volumes flambant neufs altèrent cette impression…

Teintées de mystères, en raison de l'esthétique des lieux et de leurs dispositions, du contenu des ouvrages alignés sur étagères et présentoirs ou encore des antiques odeurs de colles, de cartons, de papiers, de cuirs…

De nos jours, un jeune homme, milieu de vingtaine, découvrit au hasard du dédale des ruelles et passages de sa ville, une librairie. Dont nombreux, même parmi les plus anciens habitants de la cité, ignoraient jusqu'à lors l'existence.

La librairie se trouvait dans une minuscule impasse. Détail d'autant plus surprenant après avoir franchi le seuil de sa porte. Mais…, un instant !
Une porte de taille raisonnable, assemblée dans un bois dense, sombre et robuste qui avait résisté à l'épreuve du temps. Montée sur une épaisse armature métallique noire, scellée jadis à la pierre patinée, elle même façonnée sans doute par des mains expertes.
Des gonds exsangues de toute graisse ou huile.
Une perfection, elle ne grinçait pas.
Malgré son caractère ancien, elle était doté d'un mécanisme électronique d'ouverture et de fermeture à distance.

En pénétrant ces murs, on découvrait avec stupéfaction une surface et un volume tout bonnement impressionnant.
Des arches de pierres, des verrières et vitraux pour plafond, permettant d'inonder l'espace d'une lumière prismatique et multicolore enchanteresse. Dont les reflets par réverbération, se perdaient tout azimutes.
Les murs, contrairement à l'extérieur, étaient comme immaculés, ni patine, ni outrage du temps.
Le petit hall d'entrée en alcôve, très accueillant, nous invitait en cinq foulés tout au plus, à emprunter des escaliers aux marches en arc de cercles concentriques qui nous faisaient descendre d'un palier environ, sous le niveau de la ruelle.

Tout autour un étage suspendu en fer forgé comme dans les grands magasins d'antan. Accessible aux quatre point cardinaux, par de petits escaliers en colimaçons de semblable conception.

Dès le bas des marches, commençaient les linéaires disposés en rayons. Ils partaient du centre où trônait un imposant comptoir circulaire légèrement surélevé de cinq mètres de diamètre à peu près, en bois très sombre comme charbonné.

Le libraire s'y trouvait, installé sur un antique et confortable fauteuil en cuir, plongé dans un autre type de volume conséquent.

Il ne semblait prêter aucune attention à quiconque entrait, déambulait et sortait.

Cependant il surveillait la douzaine de clients présents qui avaient pour certains l'air un peu perdus.

Quoi de plus normal dans endroit si spacieux et si bien achalandé.

L'atmosphère y était globalement fraîche et agréable.

Étrangement une aura plus chaude flottait aux abords du comptoir.

Le jeune homme commença immédiatement à parcourir les rayons.

Ils avait de nombreuse envies et idées de lecture, cette librairie tombait à pic.

Il partit en quête de deux ou trois classiques de la littérature dont on nous somme de lire avidement.

Ensuite il s'attarda un moment sur les étagères dédiées aux sciences et autres ouvrages techniques.

Le temps passant, quelques clients s'en allaient d'autres arrivaient et repartaient avec ou sans achat.

Comme hors du temps, cet endroit semblait ne jamais être sur le point de fermer.

Depuis environ dix-huit heures qu'il étaient entré, deux heures s'étaient sûrement déjà écoulées. Peut-être trois.

Pris d'une certaine frénésie, il désirait trouver le Livre. Un livre dans lequel il se plongerait tout entier. Qu'il pourrait lire et relire sans jamais se lasser. Y découvrant toujours de nouvelles subtilités. *Peu importe son prix* (se disait-il), *même si je dois reposer ceux là afin de pouvoir l'acheter*.

Puis lui vint l'idée de trouver les rayons consacrés à la philosophie, à la théologie, l'ésotérisme, la psychologie et le développement de soi car il espérait y trouver son bonheur.

Après un moment, dépité, il se résigna, il reviendrait.

Il se dirigea donc en direction du comptoir pour y régler ses maigres trouvailles.

Pour la première fois le libraire, lui prêta attention. Il lui asséna un « très bon choix ! ».

Le jeune homme acquiesça du chef tout en le remerciant machinalement.

Il paya sans rechigner le montant un peu élevé.

Le libraire lut un peu de déception à la mine de son jeune client et lui en fit immédiatement part. Sans toutefois évoquer le prix prohibitif. Il lui demanda s'il désirait autre chose.

Un peu gêné, il lui répondit : « oui, je n'ai pas trouvé… »
Il se reprit après un bref instant de silence. Cherchant une formulation adéquate : « Je n'ai pas réussi parmi vos si nombreuses références, à mettre la main sur un ouvrage au contenu… Disons, encyclopédique sur euh… Le thème des mystères de la vie et de la mort ?

Le libraire se mit à le fixer avec intensité d'un regard pénétrant comme pour souder son esprit ou son âme.
Le jeune ressentit un léger malaise. Il se dit intérieurement que sa question était finalement à l'emporte pièce. Somme toute pas assez claire et détaillée.
Il ressentit de nouveau un malaise lorsque le libraire cessa de le regarder. Ce dernier donnait l'impression de soudainement l'ignorer.
Enfin il lui dit : « un instant je vous prie ». Il se retourna et disparût en empruntant des escaliers en fer forgé de même conception que les quatre autres en colimaçon. Ceux-ci étaient situés au centre du comptoir et menaient au sous sol.

Le jeune homme attendit patiemment et poliment, n'espérant rien en particulier.
Tout en pensant aux intrigantes manières de ce libraire.
Il ne devait sortir que rarement de son cercle. De plus au vu du dispositif de la porte d'entrée…
Peut-être vivait-il au sous sol, imagina t-il.

Contre toute attente et contre toute certitude, le libraire refit surface avec une sorte de mallette poussiéreuse qu'il remontait de la réserve en dessous.
Il lui tendit une clef ornée d'étranges motifs.
Le volume dans la mallette est vraisemblablement très ancien, au vu du luxe de précaution, pensa t-il.
Puis le libraire lui assura que tout se qu'il voulait savoir, il le trouverait dans cette mallette, que le volume qu'il recelait était porteur de lumière, de nombreux hommes à travers les ages l'avaient eu en leur possession un temps. Aussi bien d'illustres inconnus que des personnalités historiques y avaient laissé une trace de leurs savoirs et de leurs expériences.

Il le laisserait l'emporter, après avoir signé son registre.
Mais à la condition de promettre, de ni en parler, ni de le montrer à quiconque. Lui assurant que sinon la magie n'opérerait pas.

Perplexe, le jeune homme insista à propos du prix à payer pour un tel livre. Il reçut pour seule réponse que son bénéfice, il l'avait déjà fait sur les autres livres.

Finalement il accepta les conditions et sortit avec ses livres, la mallette et son contenu ainsi que la clef dans la poche droite de sa veste.

De retour chez lui dans son studio au loyer prohibitif, après s'être acquitté de ses taches coutumières et autres nécessités d'ordre biologiques.
Il entreprit d'ouvrir la mallette pour enfin découvrir son contenu fabuleux.

Installé sur son canapé, il déposa la mallette sur la table basse en face de lui.
Il inséra la clef dans la serrure, la déverrouilla, souleva le couvercle de la mallette et en sortit une sorte de vieux grimoire muni d'un fermoir.
Il en déduisit aussitôt que la clef l'ouvrirait aussi. Il renouvela l'opération.
D'un déclic le fermoir sauta ce qui le fit sursauter.
Il ouvrit le volume à la première page, tourna les suivantes lentement, puis plus rapidement une dizaine d'autres pages, plus rapidement une vingtaine, à la volée une centaine, et-cetera.

Déçu mais peu surpris finalement, il comprit que le libraire s'était bien moqué de lui, en lui offrant ce livre aussi sympathique que l'encre qui ne s'y trouvait pas. Pas un seul caractère. Il le referma.

Il irait lui rendre le lendemain, lui assurant avoir apprécié la farce et comprit la leçon.

Il somnola sur son canapé puis finit par s'endormir.

Pendant qu'il était plongé dans un sommeil sans rêves,les pages du grimoire se mirent soudainement à palpiter et à émettre une lueur.
Le volume s'ouvrit spontanément, animé de sa propre volonté, toutes les pages défilèrent, émettant une lumière de plus en plus vive.

Le jeune reprit conscience, désormais la lumière était aveuglante. Il était éveillé, ne pouvait pas tourner la tête, ni refermer les paupières, ni bouger un seul membre, il était paralysé.
Il se savait pris au piège, happé par l'objet.

Le jeune homme n'ayant pas payé son loyer depuis trois mois, ne donnant aucun signe de vie...
Le propriétaire accompagné de policiers, d'un huissier et d'un serrurier vinrent ouvrir la porte du studio.
Il retrouvèrent son corps gisant sur le canapé.
Lyophilisé selon l'expertise du médecin légiste.
L'autopsie pourtant très approfondie ne révéla rien de plus significatif.
L'affaire ne fut jamais élucidée et aussitôt classée.

Quant à la clef, la mallette et son contenu mortel. Aucune traces.

Ces artefacts de nature surnaturels sont certainement retournés en possession du libraire.

Un homme, s'il en est, à qui il est peu recommandé de demander conseil en matière de lecture.

Certaines lectures peuvent-être dangereuses,
même aux plus initiés et érudits.
Surtout celles censées être porteuses de lumière.

A L'Affiche !

Toute la folie qui caractérisait Robert Lostine se trouve dans cette phrase :
Lorsqu'il prenait conscience de lui même, il se tenait toujours là, debout, au milieu du séjour, de son deux pièces au loyer prohibitif.
Face au téléviseur allumé sur la neige cathodique dont un certain pourcentage, d'après les spécialistes, provient de l'émission du big bang (phénomène considéré par la science moderne comme le début de l'existence de notre univers).

Immobile, comme hypnotisé par la chute aléatoire et incessante des pixels; il essayait de réunir ses souvenirs aux combien sporadiques, en un tout plus ou moins cohérent.

Il s'accommodait tant bien que mal de sa mémoire labile.
Peu de souvenirs de son enfance sinon quelques vagues impressions, pas beaucoup plus en ce qui concernait son adolescence…
Ses proches parents ?
Il recevait d'eux : deux/trois fois l'an, des cartes postales quelques coups de fils.
Mais il n'arrivait pas toujours à visualiser leurs visages.
Comme s'ils existaient seulement sur le papier.

En stand-by, plongé dans ces pensées désordonnées, l'impression pesante que sa vie commençait aujourd'hui, à l'instant.
Plus, cette étrange sensation s'invitant dans son esprit : de déjà vu, d'éternel recommencement (sorte de vision de l'enfer pour les uns ou du paradis pour les autres).

Quand cela se produisait, il allait jusqu'à penser qu'il devait être immortel comme figé dans cette apparence, dans la fleur de l'âge, en pleine possession de ses moyens physiques, l'avenir devait réserver le meilleur...
Cela s'évanouissait rapidement, le spectre de la mort rodait au beau milieu de la Vie. Ça il le savait avec certitude.

Quant au mental, je le concède, ce n'était pas un exemple d'équilibre.

L'existence était dans ces moments comme immuable, suspendu, les lois de la causalité ne semblaient plus avoir de prise sur le « réel ».
Tout pouvait avoir commencé à l'instant et se finir tout aussi brutalement.

Revenons sur sa mémoire que je qualifierais de composite.
Elle ressemblait à un scénario bâclé. Dont l'ensemble souffrait par trop d'ellipses. On n'y relevait même quelques anachronismes.

Des peurs rationnelles comme irrationnelles en surdose l'oppressaient ; comparativement au commun des mortels (ce qu'il ne semblait pas toujours être). Ainsi qu'une dose de paranoïa qui n'arrangeait pas ses affaires. En effet, il se sentait en permanence observé comme mis sur pause quelques instants afin d'être scruté plus en détail. Jusqu'aux tréfonds de son âme, pensait-il.

Par peur de se confronter aux autres, il cherchait des réponses par ses propres moyens.
Ses tourments auraient très bien pu provenir d'une simple schizophrénie soignable, il ne voulait rien en savoir, être considéré comme fou, il ne pouvait pas se le permettre.
Il finirait par trouver, par la raison, une explication.
Enfin il voulait s'en persuader comme tous ces jours, un peu pareils.
Il consultait à cet effets tout un tas de publications sur la toile qu'il recoupaient et reliaient par une logique toute personnelle aux films, livres et autres idées qui le séduisaient.

En somme il cherchait des réponses sur l'existence, sur son existence, en extrapolant hasardeusement, en reliant entre eux des sujet appartenant aux religions, aux mythes et légendes, aux sciences, à la sciences-fiction, allant chercher des idées assez déviantes dans les films d'horreur et la littérature qui lui est consacrée (créations de mondes inspirés du réel aux ressorts fantastiques. Quelque chose attend tapis par delà notre monde etc, etc …).

Des choses à vous donner mal au crane et à vous infliger des nausées jusqu'à la fin de vos jours ; avant d'avoir peut-être : un semblant de réponse avant de traverser le tunnel, le fleuve, le pont suspendu…que sais-je encore, enfin à ce qui correspondrait à votre vision du passage vers l'au-delà.

De temps en temps, il percevait un amalgame de bruits dans le lointain :
vrombissements et cliquetis, suivi de silences pesant.
Puis il croyait entendre encore plus loin, vaguement : rires et pleurs mêlés,
bruissements de papiers, claps de mains…
Tous ces sons s'évanouissaient, remplacés par des acouphènes.
Sons auxquels par ailleurs, il associait des explications, pas toujours très
rationnelles.

Ses obsessions, ses questionnements incessant toujours plus pressants le
faisaient souffrir d'insomnies. Ces dernières aggravaient très certainement
son cas. Il en était bien conscient. Mais rien ni faisait… Non sans lassitude,
il gambergeait. Et n'arrivait jamais à remplir les vacuités de son esprit.

De manière tout à fait contradictoire, il essayait de recoller avec la réalité en
s'abrutissant de nouveaux, d'informations diverses et en se réfugiant dans
des fictions lui déformant encore plus sa vision.

Les documentaires diffusés par le prisme des écrans, le soumettait à
l'expérience de nouvelles folies. Il finissait par se reconnaître dans des
pathologies qui n'avaient rien en commun avec ses problèmes. Il absorbait
tant d'informations que manquant de rigueur intellectuelle, les amalgames
pleuvaient à torrents. Il pensait trouver des liens tangibles qui lui
révéleraient les complots de l'ombres, de notre société.

A la fin du journal hebdomadaire, il avait découvert de nouvelles théories
toujours plus tarabiscotées que les précédentes qu'il avait imaginées.
Il finissait par voir des signes partout. Certains ostentatoires qu'il pensait
conçus pour nuire à tout résonnement, tout comme d'autres bien cachés
aux liens complexes, voir même subliminaux…

En dehors de çà, il avait peu de liens avec l'extérieur. Il vivait un peu reclus.
Les seules personnes qu'il croisait, à qui il parlait brièvement dans un
soucis pratique, étaient les livreurs, le facteur… Le voisinage ne l'intéressait
pas.

Une ou deux fois par semaine, il sortait brièvement pour se
réapprovisionner. Évidemment il ne prenait pas le temps de partager avec
quiconque : même la plus simple des conversations.
Il travaillait à domicile ce qui, si vous le voulez, aide à expliquer ce mode de
vie.

Il en allait autant pour ses parents que pour ses amis.
En avait-il déjà vraiment eu ?
Je veut dire des sincères, des vrais, …, des concrets.
Il préférait rêver de l'âme sœur.
Comment aurait-il pu la rencontrer me diriez-vous ?
Ironiquement : seulement en rêve !

Les bruits dans le lointain se faisaient de nouveaux entendre puis
disparaissaient comme d'habitude.
Quoique en si attardant : un bruit de ventilateur et de bobine restaient
subtilement présent.
Mais il n'y prêtait pas vraiment attention ou uniquement lorsque ses
pensées s'estompaient un peu.
Car il lui était rarement facile de ne *penser à rien*.

Souvent cette question lui revenait :
Est-ce moi ou le monde autour qui déjante ?
Puis il s'en remettait à Dieu.
Qu'aurait-il pu faire de mieux ?

Ah oui, pourquoi ne pas fermer les yeux et dormir ?
Mais il en était que rarement capable.
Quelques heures tout au plus, pour se réveiller debout, au milieu du séjour,
face au téléviseur allumé sur la neige cathodique.
Jamais il ne se résignait. Il prenait cela avec philosophie. Et il continuait, si
non, il recommençait…

Puis il recommençait par se poser encore la question de la signification des
bruits qu'il percevait.
La réponse n'allait pas tarder.

Une chaude et âcre odeur se faisait maintenant sentir, de plus en plus forte.
Puis les sons proportionnellement aux relents brûlés de celluloïd,
s'amplifièrent.
La rumeur d'un projecteur cinématographique était maintenant haute et
claire.
La lumière artificielle qui lui avait depuis toujours donné vie (maintenant il
commençait à comprendre), changeait en des tons psychédéliques.
Autour de lui tout se mettait à se déformer pour fondre et s'enflammer.
Lui aussi était maintenant affecté par se déluge de flammes.

Il se savait condamné.

Il se savait regardé.

A l'aide ! cria t-il.

Mais pour seul réponse, il reçu les rires amusés et les applaudissements des spectateurs d'une salle de cinéma.

Sa seule consolation aura été en ce bref instant, avant le grand fondu noir et l'agitation qui s'en suivrait des clients quittant la salle que d'innombrables copies de lui même existaient dans un monde au delà du quatrième mur, et que lui même, une de ces nombreuses entités identiques, revivraient à la prochaine projection.

Enfin, temps que le film restera, à l'affiche.

Scruter les ténèbres par delà la déchirure

« Seule une fine membrane nous sépare de ces êtres infernaux qui peuplaient l'univers durant l'age sombre, trois cent quatre vingt mille ans après le Big-bang, avant la lumière émise par la première génération d'étoiles.
Dès la tombée de la nuit, ils se manifestent en cognant et hurlant contre la création.
Telle une déflagration dans le lointain, toutes les cinq secondes, ils cognent cinq fois, rappelant les cinq points du pentacle, avec inscrit en son centre : le nombre onze ; nombre symbolisant la destruction.
Du crépuscule jusqu'à l'aube six cent soixante six fois entre le solstice d'hiver et celui de l'été et ceci chaque année bissextile... »

Alors que je rédigeais ces quelques lignes, une indicible sensation s'emparait de moi.
Comme possédé par ces entités, le stylo ne décollait plus du papier.
L'encre noire telle un sang impur et corrompu infectait la pureté de mes feuillets.
Contre ma volonté, je devenais, mots après mots, le messager de leur imminent retour.
Alors qu'ils commençaient à gratter par delà les murs que j'habitais : j'étais envahi par la culpabilité et ma foi en la lumière ne me permettaient plus de résister à ces ombres qui chuchotaient et psalmodiaient leurs indicibles et insidieux mensonges ou leurs fallacieuses vérités.
L'air ambiant s'emplissait de l'odeur putride des canaux et des marais environnants.
Les oiseaux, les batraciens et les insectes émettaient des sons impies comme autant de cris de déments dans la nuit.
Puis soudain, le silence s'abattit pour laisser place à des murmures dans une langue indescriptible, dans l'air se répandit leurs corruptions.
Mon instinct me dictait de ni succomber à la peur, ni de me laisser séduire.

Ils voulaient rappeler au commun des mortels, au travers de nos récits entre autres : leur existence ; se frayant ainsi un chemin inter-dimensionnel.
Dans le but de nous annihiler, après nous avoir insidieusement perverti et aliéné aux travers de nos créations technologiques, concepts et idéologies.

La brane sur laquelle reposait notre univers bientôt serait prise de convulsions, si nous n'arrêtions pas par nos écrits et autres inventions technologiques, de les invoquer.

De nombreuses émissions de rayons x seraient détectées, résultat de l'énergie nécessaire à les faire sortir du « néant », de ces espaces stériles entre les mondes. Ainsi par les premiers « trous noirs » d'où ils écharperaient à la lumière, ils ressurgiraient.

Nous pensons être les seuls auteurs de notre destruction.
Mais ne compteraient - ils pas parmi nos inspirateurs ?
L'ange déchut n'était qu'un de leurs émissaire.
Ce séducteur fut séduit bien avant nous.
C'est pourquoi il se détourna de Dieux en son temps.
On ne peut pas le réhabiliter pour autant car il est l'une des causes de nos tourments.
Sa cupidité et son avidité nous ont condamné.

Après un misérable dix-neuvième siècle et un terrible vingtième siècle, les pièces sont en place pour un vingt et unième qui s'annonce pire que la somme des deux précédents.
Dans ce siècle qui s'emplit malgré nos lumières ; de ténèbres.
Nous reste t-il une ultime chance de ne pas sombrer ?

Je ressens une force nouvelle à mesure que je progresse dans ce récit.
Leurs influences s'estomperaient-elles ?
Ou m'ont-il trompé en m'imprégnant d'espoirs illusoires, d'optimismes contrefaits, qu'en sais-je ?
A mon insu se sauraient-ils emparer de moi ?
Aussi n'est-il pas imprudent de révéler leur existence ?

Le mal est-il déjà en nous ou provient-il d'une source extérieure ?
Le doute subsiste, difficile de trancher, diriez-vous.

A mesure que l'on plonge notre regard dans les ténèbres, ne finissent-ils pas par braquer le leur dans notre direction. Puis s'insinuer en nous, pour enfin s'abattre et nous engloutir à tout jamais.

Je regrette d'avoir écrit ces lignes. Je regrette encore plus que vous les ayez lu. Si ce n'est pas déjà fait : peut-être s'empareront-ils de vous.

« Revitalife »

Qui trouvera ces pages, comprendra pourquoi l'humanité à cessé d'exister !

Soixante-dix ans, âge canonique, se plaisait à dire mon père.
Tout comme lui, je pense que l'avenir réside dans les mains et surtout dans l'esprit des nouvelles générations.
L'évolution dans le sens de progrès, doit passer par une optimisation de tout ce qui constitue le vivant et la pensée, dans un souci de perfectionnement et d'adaptation à de nouveaux besoins et d'espoirs.

Nous sommes en l'An 2050, j'ai soixante-dix ans et l'on compte bien me faire vivre le double voir au-delà, si j'accepte l'« insigne honneur » que l'on me fait, de recourir à une mémo-conscience implantation dans un corps neuf de vingt cinq ans (age requis minimum sur le plan de la maturité biologique pour le corps réceptacle, en raison de la maturité cérébrale et de la liaison des os constituants la boite crânienne).
Et cela gratuitement, pour avoir à mon grand Damne popularisé dans un roman de science fiction douteux cette technique.
Technique qui aujourd'hui, empêche plus que jamais l'établissement de nouveaux paradigmes.

En 2018, je débutais l'écriture de ce livre où je décrivais la vie et les fantasmes de quatre personnages, je dois l'admettre haut en couleur.
Je les faisais évoluer en l'an 2050 (quelle triste ironie) dans un monde où régnerais le pouvoir absolu de l'argent et une absurde course à la jeunesse éternelle car mon époque d'alors était déjà imprégnée par ce jeunisme absurde.
Mais pire encore, à l'époque j'avais trente-huit ans, la transmission du savoir se monnayait (l'avarice était reine), à cause de l'individualisme que je qualifierai de pourrissant.
Où les nouvelles générations étaient méprisées et enviées pour leur beauté et leur capacité à changer la face du monde.
Nous étions muselés par une intoxication d'ordre intellectuel et esthétique (télévision et autre médias). Cantonné à nous taire pour avoir accepté comme une fatalité les aides sociales, les stages non rémunérés…, le système.

Et pour d'autres enfermés dans des paradis artificiels, addiction aux drogues et aux mondes virtuels (jeux vidéos, cinéma...), à l'internet où l'on goûtait au plaisir fallacieux. Autant d'activités qui encourageaient une vie sociale quasi inexistante.

L'on oubliait de vivre pleinement et avec intensité: nos rêves et espoirs brisés dans l'œuf, incapables de prendre le pouvoir, nous étions résignés, étouffés par les idéaux des générations précédentes. Nous étions une société d'abrutis assistés.

Je n'éprouve aucune sorte de nostalgie surtout pour des temps antérieurs aux miens (ce n'était pas forcément mieux avant). Je rêves que la nature reprenne ses droits et que l'homme cesse de se prendre pour ce qu'il n'est pas…

Maintenant je vais brièvement vous décrire ces méprisables individus, personnages de mon roman d'anticipation, auxquels je faisais allusion précédemment.

Élisabeth, trente-cinq ans, célibataire, sans enfants par choix se convainc-elle, de type européen, évolue dans la sphère politique en tant que conseillère en communication.

Enfant unique issue d'une famille de riches industriels. Elle a très peu connu ses parents puisque depuis l'âge de sept ans, elle fut placée sous le giron d'une institution prestigieuse aux connections certaines avec une société secrète.

Son fantasme est d'être un homme, afin de cumuler tous les pouvoirs. Elle investit toute sa fortune dans une entreprise dont elle possède vingt cinq pour cents des parts qui lui confectionne un clone génétiquement modifié et dans l'espoir d'y faire transférer sa mémo-conscience.

Benoît, quarante et un ans, divorcé, père d'une fille de seize ans, de type européen, travailleur social, tendances pédophiles et incestueuses.

Son fantasme : posséder le corps de sa fille.

Un couple marié, Céline trente-cinq ans d'origine asiatique et Valentin trente-huit ans d'origine africaine, issus tous deux de parents immigrés deuxième génération.

Ont un garçon de quatorze ans et une fille de treize ans qu'il maintiennent dans l'ignorance, leurs font subir des opérations de chirurgie esthétique.

Leur fantasme : posséder le corps de leurs enfants.

J'ai décidé d'écrire ce texte pour laisser une ultime trace de ce que fut l'humanité.
Je pense qu'ils veulent me piéger dans un corps défectueux ou tout simplement me faire disparaître en douceur car j'ai toujours constitué une menace pour leurs agissements en donnant matière à réfléchir.
Mes subversions n'ont plus le droit d'être dans ce monde où règne leur pensée unique.

Entreprendre de supprimer toutes autres générations que la leur fussent-elles passées comme futures était leur but manifeste.
Il ne restera plus désormais que des vieux esprits dans de jeunes corps pour les siècles des siècles, à moins d'une prise de conscience et d'un miracle.
Certains et certaines supposaient qu'on aurait trouvé un remède à la mortalité avant que ne vienne leur tour, oui mais pour quel résultat !

Être parmi les premiers à parvenir à l'immortalité et assouvir si possible ses fantasmes les plus inavouables.
Les capacités techniques, l'argent, la corruption permettaient désormais tout cela.

Immoralité ou immortalité semblent éponyme juste séparés par un T.

Un Sanctuaire Paradoxal

Je décidais hasardeusement d'emprunter la route côtière en direction du nord au volant de ma voiture…

La route me mena à une île mystérieuse, à l'entrée d'un estuaire sur la côte atlantique.

D'une superficie d'environ cinq kilomètres carrés ; elle était raccordée au continent par deux ponts, aux rives sud et nord d'un fleuve.

Une ville inconnue des cartes géographiques, y fut bâtie à une époque impossible à définir, même d'après son architecture.

Une cité à la topographie singulière car elle comportait une unique rue en spirale parabolique ; cernée de part et d'autre de bâtiments aux portes et fenêtres, sans exception, condamnées.

Pas âme qui vive dans les rues.

Un silence absolu y régnait manifestement dérangé par ma présence et surtout en raison du bruit du moteur.

En évoluant à pieds, je n'aurais sans doute seulement entendu que ma respiration, les battements de mon cœur, le bruit de mes pas et le bruissement de mes vêtements.

Toujours au volant de mon véhicule sur cette unique rue, je gagnais le centre de la spirale, et là face à moi un phare pile sur l'axe médian.

D'ici il m'était offert d'observer un spectacle tout aussi unique qu'étrange.

Un disque composé d'une moitié de soleil à gauche et d'une moitié de lune à droite.

Un lieu paradoxal à la fois diurne et nocturne comme perdu dans l'éternité.

Ce phare majestueusement dressé émettait à la fois un signal éclatant lumineux côté nuit et obscurément ombrageux côté jour, à intervalle régulier d'une seconde.

Le phare était muni juste en dessous de son système d'éclairage et d'optique, d'un clocher, seule chose ici rompant le silence, en sonnant le glas tous les douze coups de midi et de minuit simultanément.

L'horloge quant à elle était dépourvue d'aiguilles. Seul y était inscrit le chiffre douze en lettres romaines.

Dès que je franchissais le pont au nord pour sortir de l'île, je me retrouvais irrémédiablement transporté sur le pont sud.

Une parenthèse dans l'espace-temps, voir une autre dimension ?

Après de nombreuses tentatives pour en sortir, j'ai décidé de tout simplement faire demi tour.

Vous comprenez aisément pourquoi je n'ai pas tenté d'y retourner depuis. Et je n'y tiens pas.

Un endroit dépeuplé où ne sonne que le glas.

Un échantillon d'histoires fantastiques qui se déroulent dans un univers parallèle au notre.
Ou pas.

12125951R00027

Printed in Germany
by Amazon Distribution
GmbH, Leipzig